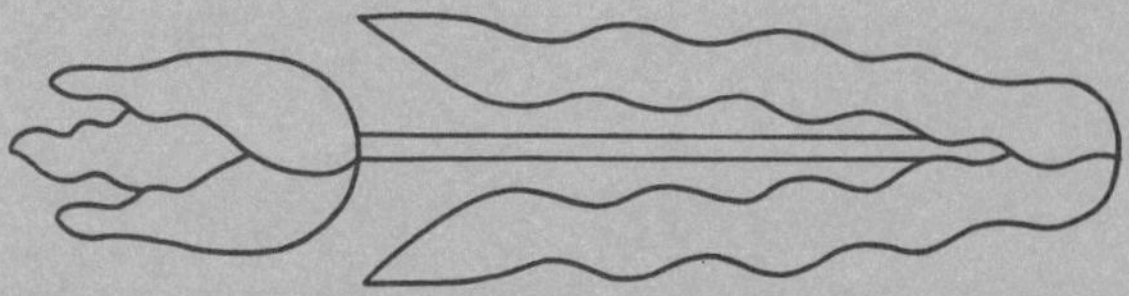

三行怪々

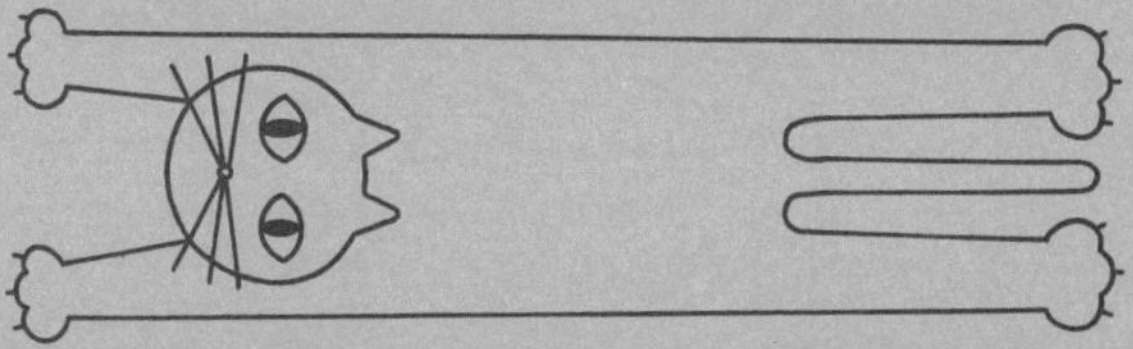

大濱普美子

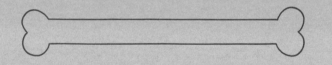

河出書房新社

三行怪々

これはいつまでも枯れない花です。お花屋さんがそう言ったので買ったら、言葉どおり私よりも長生きしている。

猫用の出入口を、扉に取り付けた。猫がそこから出ると、三本足の獣が列を作って後を追う。最後の一匹が、行儀よく扉を閉めていった。

このところ、夕方の空がやけに暗い。見上げた上空を、猛禽《もうきん》の群れが飛び交っている。これも、近年起こった「鳥葬ブーム」の影響だ。

ネコヤナギとネコジャラシとネコイラズは相互的協力関係を樹立し、今後は一丸となって仮想敵に立ち向かう主旨の声明を発表した。

蔵の中で、古い日記帳を見つけた。曾祖父のものらしい。順に捲《めく》っていくと、なぜか日付が遡っていく。

この壁の上に見える光が、きっと出口だ。足場を探してよじ登りながら、始めたときは、画面の外から操作していたのに、と首を傾《かし》げる。

ひとつずつ、言葉が消えていくという本を買いに、家を出た。目当ての場所まで来ると、本屋が町ごと消えてなくなっている。

魚屋で生きた鯛を買った。浴槽に放したら、元気に泳ぎ回る。刺身にするにはしのびなくて、もう三年お風呂には入っていない。

両親とスカイプで話していたら、画面がフリーズしてしまった。仕方がないので訪ねて行くと、二人ともフリーズした姿勢で固まっていた。

象の卵でオムレツを作ったら、フライパンの上でインドの形に焼けた。そういえば、この間は、アフリカの形だった。

一緒にタイムマシーンに乗りましょう。未来の自分が迎えに来た。つい乗り込んでしまったものの、行く先がどこなのか訝《いぶか》しい。

わんわん。犬が庭で嬉しそうに地面を掻《か》いて、前に飼っていた犬の骨を掘り出した。前の犬もその前の犬も、代々同じことをする。

庭の隅で深い穴を見つけた。弟が石を投げると、どこかでカチン、妹が投げると、遠くでポチャン。私が投げた石は、いつまで待っても鳴らない。

藤棚に、へちまみたいな紫の実が生《な》った。八百屋で買った泥付き野菜を埋めておいたのが、どうやら交配したらしい。

ちょっとそこまで。そう言って出かけたまま、どうして戻って来ないのだろう。支度しておいた食事も古び、考古学者が発掘に来た。

飼い猫が元気をなくしている。いつも遊んでいる鼠《ねずみ》穴《あな》に行ったら、「二週間、夏季休暇」の札が、下がっていたのだそうだ。

伊勢海老を一匹食べ終わるたび、息子は殻をきれいに整えて復元する。水槽に入れると生き返るので、家中にあふれて困る。

また明日も降るんだって。いい加減、傘が壊れちゃうよ。天気予報を見て、妻がぼやく。もう一月《ひとつき》以上、カエル雨が続いている。

回り灯籠が回っている。最近のものだから、蠟燭《ろうそく》の炎じゃなくて、電気で回る。コンセントに、プラグは差していないのに。

夏祭り最後の大イベントは、「怨霊対生霊バトル」だ。先週から、どちらに登録するかをめぐって、家族間にいさかいが絶えない。

飼っているオンドリが妻を欲しいと言うので、農家に探しに行った。相応《ふさわ》しいのが見つからなくて、代わりに卵をもらって帰る。

やあ、いらっっしゃい、お二人《ふたり》さん、こちらへどーぞ。居酒屋に一人で入ると、いつもおしぼりがひとつ余る。

チップの内蔵って、こんなに簡単だったのね、もっと早くすれば良かったわ。喜ぶ祖母の声は若返り、吃音《きつおん》もなくなって聞き取り易《やす》い。

自転車にぶつかられた。その前にオートバイに撥《は》ねられた。撥ねられる前に乗用車に轢《ひ》かれ、直前には二トントラックに粉砕《ふんさい》された。

猫が、本棚の隙間に入って出て来ない。本の表紙に、体の形の穴が開いていた。一体どこに向かって、掘り進んでいるんだろう。

じゃあ、またね。じゃあ、また今度あの世でね。えっと聞き返そうとしたけれど、恋人の姿はもうどこにも見当たらない。

二時間待ちして入った会場内でも、また並んで待たなければならない。列はとても長くて、間にトイレ休憩が入るくらいだ。

こんなに混むと分かっていたら、来なかったのに。後悔しても、もう遅い。入場待ちの列は、もう地球を二周してしまった。

現在流行中のウイルスは、突然変異の危険性が非常に高い。ゆめゆめ警戒を怠《おこた》らぬように。記者会見で、液化した国家元首がそう述べた。

最近、ハーネスをつけて飼い主と散歩に出る猫が多い。うちの猫もそうだが、帰って来るなり「社交は疲れる」と言って寝てしまう。

迷子になってしまったので、交番に行って待っていると、夜になって、もう一人の僕を連れたお母さんが迎えに来た。

これをかけると、故人が見える。そんなふれこみの眼鏡を買った。映るか映らないか、どちらが怖いか。ためらいがちに鏡に向かう。

一兎を追えば十兎が得られ、宇宙の果てまで、亀の甲が積み上がる。兎と亀が繁殖力を競うようになったのは、鼠算が導入されたからだ。

国際結婚って、なかなかに難しいものだ。言語も習慣も違うしね。シベリアンハスキーを娶《めと》った秋田犬が、しみじみとそう語る。

飛んで行かないように、洗濯物を挟む。捲れないように、本の頁《ページ》を挟む。コワイものが出ないように、カーテンの裾を挟みたいが、ハサミがひとつ足りない。

一歳になった息子が、パズルをしている。奇妙な形の物を、入りそうにない穴にカチリと嵌《は》める。横の箱の蓋に「7次元パズル」とあった。

金も家も車も、他人より多く持つと管理が大変だ。ときには持て余すものだよ。富豪の伯父は言って、葉巻を手にしどけなく五本脚を組んだ。

キャベツ畑が宅地になり、コウノトリがいなくなって、子供の数が急速に減っている。労働力不足に対処するには、惑星外移民を受け入れる他はない。

飼い猫が年老いて、思い通りに毛づくろいができなくなったようだ。クリーニングに出してくれというメモつきで、脱いだ毛皮が置いてある。

もう来年の話を聞いても笑えない。そう言って、鬱病治療のカウンセリングに通い始める鬼が、後を絶たない。

おーい、おーいと呼ぶ声を聞いて、そちらの方に歩いて行った。四つ辻まで来ると、道路標識の脇に影だけが立っていた。

いつものように鏡を見た。いつもの顔が映っていると思ったけれど、どこかおかしい。それもそのはず、左右が逆になっていない。

うちでは、夢に貯蔵タンクを使っている。溜《た》まってしまった夫の分を、久しぶりに放出したら、悪夢ばかりがぞろぞろと出てきた。

布団も毛布もタオルケットさえも、身を丸めて安らかに眠っている。固く突っ張ったまま天井を見上げて思う。枕って損だな。

死んでしまったペットのハツカネズミは、頭の骨だけ取っておいた。それが一斉に歯を鳴らすのは、きっと猫を飼い始めたからだ。

明け方に猫がやって来た。私の額に肉球をあてて、ご飯はまだかと訊《き》く。眠かったので、自分でやってよと言ったら、分かったと答えて台所に去った。

人生には、役割の反転が幸運をもたらす機会が、たまさか訪れる。買い手から売り手へ。雇われる側から雇う側へ。憑《つ》かれる者から憑くものへ。

少子化対策の一環として、代理母制度が発達し、人口減少が抑えられた。自分の子供を産んだことがある人の数は、限りなくゼロに近づいていく。

来年は外国に行きたいわ、と妻が言う。まあ国内だっていいいじゃないかと取り成《な》しつつ、まずは玄関ドアの封鎖を解くのが先決だと思う。

眠ればいつもアナタの夢が見られて幸せだと、恋人が言う夢を見ている僕は幸せだが、もしかしたらこれは恋人が見ている夢かもしれない。

金魚すくいですくった金魚を、金魚鉢に入れて飼っていたら、いつの間にか二匹になっていた。そっくりで、どちらが偽物か見分けがつかない。

もーいーかい。まーだだよ。まーだだよ。何度訊いても、まーだだよ。いろいろな声音で、あちこちから木霊《こだま》のように響いてくる。

ドッペルゲンガーを見た。恐る恐る友人に告白すると、アタシなんかトリプルゲンガー見たよと、難なくいなされる。

暖かな春風。微かな草花の香り。蜜蜂の羽音。葉先の手触り。密室で目を閉じると、五感が復活し、存在しなくなったものが感じ取れる。

お父さん、ゾウショクとキョダイカってなに。聞かれたときに調べれば良かった。家の中は昆虫ロボが充満して、一寸先も見えない。

いい子だね。隣に丸くなったタマを撫《な》ぜる。ミャアと言う声に顔を上げると、猫は棚の上にいる。今抱いている毛の塊は、一体何だろう。

旧式のトイレで浪花節《なにわぶし》をうなっていたら、穴から緑の茎が伸びてきて、曲の終わりに、見たことのない花が開いた。

廊下に並んだドアのうち、正しいのは一枚きりで、一度しか開けられない。迷っているうちにどれも透き通ってしまい、もう出口が分からない。

あれはお姉ちゃんじゃないと、息子が言う。娘の顔をじっと見て、あれはお前の子じゃないと、夫に告げられた日のことを思い出した。

そんなに重たいのをしょっていたら、肩も凝《こ》るでしょう。そう言われて、父母と祖父母と曾祖父母を、一《いっ》時《とき》背中から下ろしてみた。

正勝《まさかつ》の息子は勝正《かつまさ》。和正《かずまさ》の息子は正和《まさかず》。祐幸《ひろゆき》の息子は幸祐《ゆきひろ》。喜美《きみ》の娘は美喜《みき》、代理子《よりこ》の娘は理代子《りよこ》。奈々《なな》の娘たちは、代々やはり奈々《なな》だった。

廃屋の奥の部屋に、桐の和箪笥《わだんす》が置かれている。上から順に引き出しを開けていくと、一番下の隅に、踵《かかと》のない足袋《たび》が一足入っていた。

「モモコ&モモジロウ」ヒューマノイド型ロボット製造工場は、故事に因《ちな》んだ桃型容器に新製品を梱包《こんぽう》し、一個ずつ販売水路に流している。

省エネ新商品「人肌エコランプ」を買った。傘に指を触れると点《つ》く。放すと消えるので、灯《とも》している間は他のことができない。

雑貨屋のショーウインドーに、ずらりと招き猫が並んでいる。よく見ると、本物の猫も二、三匹。動きがぎこちないので、それと分かる。

子供の頃から集めているので、もう置き場所がない。じっとしているんだよと言い聞かせて、最後のビー玉を頂上に乗せる。

友人からもらって育てていた「ネズミ捕り草」の苗を、枯らしてしまった。肥料の「クマネズミエキス」が、強すぎたのだろう。

水槽の中を、蛍光色の熱帯魚が泳ぎ回っている。水を換えたついでに、個体を充電し直して以来、共喰いがひどくなった。

金曜日の次は土曜日、土曜日の次は日曜日。なのに、いつまでも金曜日のままなのは、週末のないカレンダーが売り出されたせいに違いない。

今夜は二人でオペラに行くのだが、妻の化粧は時間がかかる。やっと眉毛を描き終わって、これから両目を描くところだ。

影踏みをして遊んでいたら、影たちが揃って哀歌を奏《かな》で始めた。それを聞いていた幼い弟が、立ちすくんで泣き出してしまった。

どうしても兄が欲しいと、一人娘がせがむ。お前が先に生まれてるんだから無理だよと言うと、じゃあ、アタシがいなくなるからと、にっこりした。

なに、この格子。ああ、これはね、極めて伝統的な「座敷牢《ざしきろう》」というものだよ。夫が言って、柵の向こうにするりと出て行く。

旅行に行きたいなと思うと、格安チケットの広告が届く。そろそろ別れたいなと思うと、さっそく毒薬の見本が送られてくる。

電話機の中には小さい人がいて、伝言を背負い、どこへでも赴《おもむ》く。海底ケーブルを歩くときは、念のために救命胴衣をつけるらしい。

「強力パワーアップ」新発売の餌を撒《ま》いたら、グッピーの一部がピラニアに変身して、水槽がパニックに陥った。

掃除ロボットと洗濯ロボットがアームを絡めて動かない。故障中かな、いや恋愛中かもしれない。邪魔できなくて一人家事に励む。

珍しい鳥がいる。ヴァーチャルかと疑っていると、「存在しないのはオマエの方だ」と、受信機能に直接メッセージが送られてくる。

遺伝子操作で小型化した象が、多量に動物園に運び込まれた。突然変異で巨大化したマウスの餌になるのだそうだ。

この国のルールでは、「ババ抜き」は、ババを抜いて行《おこな》う。そのため、どれだけ真剣に戦っても、永遠に勝負がつかない。

どれだけ水中にいられるか、友だちと競争した。苦しくなって顔を上げたけど、友だちはまだ出て来ない。もう、一時間も潜っているのに。

息子が新しいボードゲームを買ってきた。ああ、これなら知ってるよ。同じ色の石が一列揃うと、バタンと世界がひっくり返る。

高い天井に、実物大の目を油彩で描いた。なかなかリアルな出来栄えだ。視線がどんどん強くなって、床に円い孔《あな》を穿《うが》ち始めている。

建物の中で迷ってしまい、すれ違う人に出口を尋ねた。あの階段を上がって扉を開ければ、出られます。その通りにして、出たところは昨日だった。

ペットの遺骨が溜まったので、固めて柱にして立てた。もうすぐ棟上《むねあ》げ式を迎えるが、祝詞《のりと》は何語で唱えればいいのだろう。

それ用の油をネットで探しているが、なかなか見つからない。猫にせかされ、とりあえず行燈《あんどん》だけ、アンティークショップで買った。

星の降る夜。降って来るのはそればかりでなく、補強をするも、拳大の穴がいくつも開いて、毎回屋根はスカスカになる。

あれがあれを生んで、それがまたそれになったのが、どうやらこれらしいが、あれかこれかと迷うと、もうどれがどれだか分からない。

出てくるぞ。もうすぐだ。広げた世界地図を囲んで猫たちが車座《くるまざ》になり、かたずをのんで、太平洋の真ん中を見下ろしている。

野原で拾ったブリキ缶には、白い殻のような物が入っていた。ひっくり返すと、底にシールが貼ってあり、「宇宙人の卵」と印刷されていた。

私は独り暮らしのはずなのに、毎夜包丁を研《と》ぐ音が聞こえる。試し切りをしてみたら、確かに前より切れ味が良くなっている。

電気屋さんが修理を終えて帰る。霊界チャンネルおまけでつけときました。テレビをつけると、リモコンを手にした若夫婦が、怖々とこちらを覗《のぞ》き込んでいた。

南瓜《かぼちゃ》は南瓜のままだし、王子も来ない。足も痛いから、そろそろシンデレラごっこはやめにしたいのに、片足に履いた靴がどうしても脱げない。

おとなりに、子供が生まれた。お祝いを届けに行くと、ご主人が、今度もまたロボットでした、と肩を落とした。

顎が外れると、顔は三倍の長さになります。そんなの嘘でしょと私が言うと、目の前で犬が、それを実演してみせた。

大人になったら、なんになりたい？　長女は幼稚園の先生、次女はモデル、長男はおまわりさん。末っ子に聞いたら、ボク、犯人！

引きこもりの兄は、近所の野良猫に餌をやるときだけ、外に出る。手ぶらで出るところを見ると、どうやらヴァーチャル猫らしい。

これは背が高くなる薬です。まさか。では、証拠をお目にかか。一錠呑《の》んだ販売員はたちまち天に伸び上がり、もうその顔も見えない。

夜中に目覚めて、隣に寝ていた人の足を踏んでしまう。あれ、ゴムの感触だ。おかしいな、夫は木で出来ていたのに……。

夜中に目覚めて、隣に寝ていた人の足を踏んでしまう。「あんた、だれ？」そう尋ねられたとたんに、答えが分からなくなる。

夜中に目覚めて、隣に寝ていた何かを踏んでしまう。踏み心地良く、葡萄を潰してワインを作る要領で、熱心に踏み踏みする。

「かーごめかごめ」女の子が独りで遊んでいる。たまには姿を見せて脅かしてやろう。後ろに回ると、同じことを考えた同類がひしめいていた。

弟が「龍神の目玉ガム」を買って来て、ずっと噛《か》んでいる。五時間もしたら、さすがに手の甲の鱗が色褪《いろあ》せてきたようだ。

キャーと悲鳴を上げて、人が逃げて行く。この世からもあの世が見えるなんて、死んでみるまでは、とんと知らずじまいだった。

商店街に人だかり。なんだなんだなんだ。実演販売だってさ「切れない糸」の。ツー、ツー、ツー。天から次々と蜘蛛《くも》が降りて来る。

玉転がしならできます。と言ってノミのサーカスに雇われた黄金虫は、交尾期になると、行く先も告げずに失踪してしまった。

アイアイ印の歯ブラシを買った。柄《え》の両端にひとつずつブラシが付いている、二人用だ。もうじき、三人用の新製品も売り出されるらしい。

昔からハサミ製造に携わってきまして。ほお、カニですか。いえ、この頃は洋物一筋です。養殖業者は、熱く手長エビを語る。

結婚を来月にひかえた友人は、式の準備に余念がない。披露宴でのお色直しは衣装に頼らず、直《じか》に体の色を変えてみせると豪語する。

実はね、妊娠六ヵ月なんだ。そう言って幸せそうに太鼓腹を撫でさする夫を見ると、今さら離婚もできまいと思う。

ヒューマノイド型なら、世話は要らないと思っていたのに。まあこれもいい運動だ。プードルは手綱を手にして、日課の散歩に出る。

横断歩道の手前に、立ち止まって待つ。その間に自分の影が、赤信号を無視してすたすたと向こう側に渡ってしまった。

あなたのお国の宗教は〇〇ですか。はい、〇〇です。お陰様で全国民総意の精進が実り、本年一月をもちまして、◎となりました。

今どきは、内視カメラが二十四時間体調管理をしてくれる。栄養バランスが偏っているそうだ。もう三回も、警告の電気ショックを受けた。

飼い猫に、鼠の玩具を買い与えた。断末魔の悲鳴が上がり、急に聞こえなくなる。見れば、猫が前足で、音量ボタンを操作していた。

海外旅行に行こうと、棚からスーツケースを下ろした。ベッドの上に置くと、中から外国語で歌う声が聞こえてくる。

このままずっと道なりに。指示通りに辿っているのに、元に戻らない。有名ブランドを騙《かた》った模造品なのか、この『メビウスの環《わ》』。

「両面使用」「特許申請中」せっかくだから、裏側も使おうか。さて、二人目は誰にしよう。新発売の藁人形を裏返してみる。

消そうとしても消えない蠟燭でつけた線香は、いつまでたっても燃え尽きない。そういえば、今日は私の命日だった。

この眼鏡すごいんだよ、左右が逆さに見えるんだ。弟が夜店で買ってきた眼鏡をかけてみたら、左右の目玉が入れ替わってしまった。

近頃の懐古趣味で、カセット・デッキの注文が相次ぐ。カセットテープの製造が追いつかず、人造人間を埋蔵し、聴覚情報を復唱させている。

テレビをつけたら、蒼白い顔のアナウンサーが、あの世へようこそと言って、マイクの前でしきりに手を振った。

クリスマスプレゼントが、イヴの前日にちゃんと届く。ツリーの下に置けないのは誤算だったが、ティラノサウルスは壮観だ。

早くお迎えが来ないかしらねえ。まあ気長に待ってなさい。骨壺《こつつぼ》に入った祖母と位牌《いはい》になった祖父が、近頃そんなやり取りを繰り返している。

この歳《とし》になったら、やっぱりもう美容整形より機能更新だよね。喜寿を迎えた幼なじみが言って、人体改造便覧を捲る。

私には髪がない。毎回違うカツラを被って美容院に行くと、顔なじみの美容師さんが、いつも新しい髪形にしてくれる。

外は豪雨だ。こういうときのために買っておいたゴム長靴を履いて行こうと玄関に立つと、ゴム長の縁まで満々と水が溜まっていた。

手袋屋に入る。ミトンより五本指付きのほうが高いのは、それだけ手間がかかるから。三本指と六本指付きのは、どうなのだろう。

ねえ、お母さーん、お雛様が鯉に乗ってるよ。うんと頷《うなず》き、私は南瓜《カボチャ》をくり貫く。諸般の事情から、今年は節句が統括された。

塀の上にハロウィーン南瓜が並んでいる。あれ、ひとつだけ笑っていないぞ。裏に回ると、「休憩中」の札が下がっていた。

薄いレースのカーテンと厚地のカーテン。後ろに部厚い緞帳《どんちょう》が下がり、その奥に把手のないドアがあって、それを開けると、もうお終《しま》いらしい。

知らない人から、同窓会の集合写真が届く。次の日もまた次の日も、毎日届く。一枚ごとに、写った人の数が減っていく。

「影が薄い」と言うのは、昔は否定的な形容だったそうだ。今では、たとえ薄くても、持っているだけで羨ましがられる。

食べだめの後は、何と言ってもやっぱり寝だめだね。と、健《すこ》やかな眠りに就《つ》いた夫は、一年経ってもまだ目覚めない。

二歳の息子と遊ぶ。いないいないばー。そら、やってごらん。イナイイナイバー。両手を広げると、顔がない。

お化けの出て来る映画を見た。あんまりおもしろかったから真似してみたら、顔が元に戻らなくなった。

そういえば今年は閏年《うるうどし》だ。一日得した気分でカレンダーを捲ると、日にちがずれ込んだ皺寄《しわよ》せが来て、いつまでも春がめぐってこない。

お寺に行こう、お寺に行こうとさっきからずっと歩いているのに、一向に行き着かない。墓地の中はどこまでも道が尽きない。

庭の隅に、怪我して飛べない小鳥がいる。早く保護しろ！　ポチとミケとチュー太が詰め寄り、一斉に目を吊《つ》り上げて私に迫る。

別々にすると、どちらかが必ず式のランクに文句をつけるに違いないので、父方の祖母の七回忌と、母親の一周忌を一緒にやった。

もう、いい加減にしときなさい。うーん、あと一回だけー。でんぐり返しの止《や》められない息子は、体を丸めてころころと天井を転がっている。

飼い猫の前脚に縫い目があった。やっぱりそうなんだ。そんな思いを見透かしたのか、あれは型が古いからと博士が言って、俺の前腕部をつるりと撫ぜた。

訳の分からない物が、訳の分からないところに訳も分からず置いてあるのは怖いけど、訳の分からないまま、つい近寄ってしまう。

友だちにドライブに誘われた。新しくてきれいな車だったけど、走り出したら後ろのトランクからノックの音がして、いつまでも鳴り止まない。

遊園地に、「真実の口」のレプリカがある。嘘つきが手を入れると、噛《か》み取られると言う。ためしてみようとしたが、前のがつかえていて、入らない。

従兄《いとこ》はひどい近眼だ。たわしとスポンジの区別もつかない。両方食べ終わった後で、醬油とソースを間違えたのに気づくくらいだ。

左手に手袋を嵌《は》めて、かばんの中を捜したが、もう片方も左手用だった。試しに右手にしてみたら、ぴったりと快い嵌め心地。

庭の隅から、しゃれこうべを掘り出す夢を見た。場所をよく確かめておいて、残りをみなそこに埋める。

暗闇の中を、手探りしている。そこにあるはずのものは見つからず、あってはならないはずのものに行き当たってしまう。

なにやら扉の向こうが騒がしい。カクメイだ！　冷蔵庫を開けると、溢れ出るアルファァルファァの群れが、しぼんだ秋茄子を引っ立てていた。

醬油小さじ一、砂糖大さじ五、みりん半リットル。
この歳になって味覚が変化したのは、調理ロボットの体調が思わしくないためか。

双子の娘が二人とも巣立ったので、二人のお気に入りの人形を並べて置いておいたら、指を絡めて握り合って離れなくなった。

彼女がその長い髪を一本切り取って、ペンダントに入れてくれた。会わないでいるうちに増殖して、蓋の隙間からはみ出している。

ここから飛び降りたら死ねるかな。ビルの屋上で友人が訊くので、やってみないと分からないよと、私は答える。

あたしには見えないものが見えるんだ。そう孫は自慢げに言うけれど、どうやらアタシのことは見えていないらしい。

不動産屋の車に乗って、家を見に行った。門の前に着くと、棺桶が並んでいて、まだ引っ越しが済んでいないことが分かった。

幽霊らしきものがいるわけでもない。鴨居には何も下がっていない。けれど、ぎしぎしとロープが軋《きし》む音が聞こえる。

近頃仲間内での話題は、やはり「終活」。お盆に帰ったら、家族に気味悪がられたと誰かが話し、「成仏の作法」のコピーが配られる。

屋上で、洗濯物を干す。いい天気だなあとシーツを広げたら、端《はし》のほうが黒ずんで、どんどんと染みが広がっていく。

あーあ、腰も痛いし目もかすむ、歳はとりたくないもんだ。まあ、そんなこと言わないで、先も長いんだしと、アタシはひ孫をたしなめる。

これには恐ろしいものが入っているから、開けてはいけない。そう言われ渡された箱を開けたら中は空《から》で、とても恐ろしくなった。

うちの外の町の外の国の外の地球の外の宇宙の外。そういう場所に思いを向けるともう戻って来られないから、天井裏の裏の裏の裏に籠《こ》もる。

羊小屋を訪れてみたが、羊がいない。その代わり、百人のおばあさんが揃いの円縁眼鏡をかけ、純毛毛糸で綿帽子を編んでいた。

丸いのも四角いのも細長いのも棒状のも、売れ残りは夜を徹して踊る。朝日がパン屋に射し込む直前に、皆棚の定位置に戻るのだ。

双子の兄弟が、服を取り替えっこして入れ替わり、入れ替わった双子の姉妹と結婚したので、生まれた双子の兄弟姉妹は、全員がそっくりだ。

宴席で誰かが、座敷童《ざしきわらし》がいると言い出す。念のために数えてみたが、予定通りの人数だ。気がついたら、自分を数え忘れていた。

この井戸の底を覗いて、顔が映らなかったらもうじき死ぬんだと言う。それを聞いて、誰かが後ろから突き落としてくれるのを待つ。

植える場所には充分注意してください、繁殖力が強いので。一粒の種に注意を怠った結果、故郷を離れて植民宇宙船に乗り込む羽目に陥る。

息子は語学の才に恵まれ、次々と言語を修得していく。新しい教材が届くたびに、笑顔を向けてくる。今度こそ、お父さんと会話ができるね。

高い天井から急降下して、その後静かにホバリング。夏休みの自由研究は、この屋敷に住む人たちの「つむじ渦巻き観察日誌」だ。

目を醒ますと、紙の布団に寝かされていた。大丈夫、痛くないから。そう言われ、僕は畳《たた》まれ、折り紙のヤッコになった。

子供と玩具の拳銃で遊んでいたら、弾に当たった。痛くはないけれど、いつまでも血が止まらず、公園中が真っ赤になってしまう。

小学生のとき、裏山を掘ると金が出るという噂があった。仲間と四人で確かめに行って、そのうち一人が、金歯を掘り当てた。

押し入れの戸を開けると、今日もいる。正体は不明だが、食べ物の好みは共通だ。隅に置いておいたチーカマがなくなっている。

夏休み、お化け屋敷でアルバイトをした。通路の先の暗がりで待ち伏せているうちに、足が爪先から透き通って見えなくなる。

市立図書館に行くには、駅前から循環バスが出ている。もう半日乗っているのにまだ着かないのは、路線が螺旋《らせん》状になっているからだ。

家の玄関は崖下にある。百段分ぐらい落差があるので、エレベーターを設置した。階段も造っておけば良かったと、停電になるたびに悔やむ。

いやあ最新の機械はすごいね、ＡＩだってさ。歌まで歌っちゃうんだ！　久しぶりのカラオケから戻った母が、しきりと感嘆している。

「健《すこ》やかなるときも、病めるときも」チャペルで固く誓い合ったはずの相手は、病んだままで、まだ死なない。

昔の恋人から、メールで写真が届いた。一枚目は山の麓《ふもと》、二枚目は海岸、三枚目はこの部屋の中に立っている。気味が悪いので消去しようとしたが、どうやっても消えない。

ずっと昔に撮ったビデオテープが見つかった。再生できるのかと巻き戻してみたら、画質は悪いが、ちゃんと前世まで映っている。

ミイちゃん、いつまでも一緒にいようねえ。私がそう呼びかけると、猫はうんと健気に頷き、長い尻尾を七本とも揺らした。

向かいの家にも、地下室があるらしい。地面すれすれの窓から鉄格子越しに、自分とそっくりの人が、閉じ込められているのが見える。

羽化する速度が、どんどん速まっている。一斉に羽が生えて、飛び立つとすぐに死んでしまう。悠久の昔から、そんなことを僕たちは繰り返している。

娘は着ぐるみが大好きだ。誕生日ごとに買い与えていたら、重ね着が嵩《こう》じて、もはや中がどうなっているやら、とんと分からない。

大会議場の椅子とテーブルのデザインを任された。宇宙規模の会議となると、代表参加者それぞれの形状把握が非常に難しい。

定年を過ぎた課長が、今日も裏口にぼんやりと立っている。あまり老《ふ》けてはいないようだ。遺影の顔と、ほとんど変わりがない。

祖母の形見の三面鏡。頭の後ろを見ようと合わせ鏡にしたら、逆さになった顔が映って、もつれた髪がとかせない。

虫が床を這っている。幻覚だから、退治できない。どうしようと思ううちに自分が虫になって、どうしようと思う自分に見下ろされている。

怪談話はおもしろい。仲間が口を揃えて言う。さりげなく始まって、クライマックスで人間が恐怖に震えるところが、たまらない、と。

おお、達者でなにより。いやあ、もうガタガタですわ。夏を越えて生きる高齢ゼミが急激に増加して、樹上がなにかとやかましい。

古い日本人形を、ケースから出した。ちょっと埃《ほこり》っぽいなと思っていたら、次の日にはちゃんと新しい着物に着替えていた。

道に落ちているドライフラワーは、拾われるや否や
生き返る。花も葉も茎もみるみるうちに縮んでいって、
一粒の種に収縮する。

別れた相手の写真の、両眼をピックで突き刺して本
人に送りつけたら、元通りになって送り返されてきた。

ほら、あそこに隠れてるよ。弟が寝静まるのを待って、ケージを開けてみると、チュウ太は尻尾だけを残して、いなくなっていた。

あの角の家には、表札がない。窓もなく、どうやら玄関も入口もないらしくて、中の住人には名前も顔もないという噂を聞いた。

風に乗って、糸が飛んで来る。指に絡まり、いくら手繰《たぐ》っても切りがない。編んで繭《まゆ》を作り、中で永遠の眠りに就いた。

ああ、星が美しい。夜空を指差したまま、連れ合いが動かなくなった。分けてあげたいと思うけれど、私もバッテリーの残量がない。

そういえば、この間どこそこで、君を見かけたような気がするな。そう言われるたびに、鏡の中の自分が薄く儚《はかな》くなっていく。

魔法のマスク。アナタと違う人に大変身！　そんな宣伝文句を読み、店に行って買って帰り、それを被《かぶ》ってワタシになった。

あとがき

世はパンデミックの時代に突入した。

そう聞いて人並みの用心は怠らなかったつもりだけれど、それでも私はかかってしまったのだ、「百文字病」なるものに。

よもや文字媒介などという感染経路があるとは夢にも思わず、「１００字シリーズ」を読んでしまったがためである。

その作者の北野勇作氏、ＳＦ作家は世を忍ぶ仮の姿で、実の正体は「百文字菌」を開発培養し秘密裡に散布して、無差別人体実験にいそしんでいる危ない科学《マッドサイエンティ》者《スト》ではないかと推察される。

罹患《りかん》した後、どのような症状を呈するかといえば、ただひたすら奇妙な文字列を再生するのみ。私の場合はどうやら変異株が形成されたらしく、「百文字」は「三行」（約六十字）に変容した。

さて、今これを読んでいるあなた、ということはつまり、既にここまで来てしまったのですね。ああ、本を開いただけでも危ないのに。

どうすれば完治するかですって。医者でも病理学者でもない私には、残念ながら分かりかねます。まあ同病相憐れむということで、何はともあれお大事に……。

大濱普美子

おおはま・ふみこ

一九五八年、東京生まれ。慶應義塾大学文学部文学科フランス文学専攻卒。八七年、パリ第七大学《外国語としてのフランス語》修士課程修了。九五年よりドイツ在住。二〇〇九年、『三田文學』で「猫の木のある庭」を発表。著書に『たけこのぞう』(改題のうえ『猫の木のある庭』として文庫化)、『十四番線上のハレルヤ』がある。二〇二二年刊行の第三短篇集『陽だまりの果て』で第五〇回泉鏡花文学賞を受賞。

三行怪々

二〇二四年七月二〇日　初版印刷
二〇二四年七月三〇日　初版発行

著　者　大濱普美子
発行者　小野寺優
発行所　株式会社河出書房新社
〒一六二-八五四四
東京都新宿区東五軒町二-一三
電話　〇三-三四〇四-一二〇一［営業］
〇三-三四〇四-八六一一［編集］
https://www.kawade.co.jp/

装　幀　鈴木千佳子
組　版　株式会社キャップス
印　刷　三松堂株式会社
製　本　小泉製本株式会社

Printed in Japan　ISBN978-4-309-03197-2